Königreich
Der
Palast
Burk
Meerjungfrauen-
bucht
Gipfelhorst

von Zauna
Frostkamp
Primhall
Moorwang
Das
Festland
Hobs-
fels
Hobshagen

DAS MAGISCHE KÖNIGREICH

DER VERLORENE STEIN

Geschrieben von Jordan Quinn
Illustriert von Robert McPhillips

THE KINGDOM OF WRENLY 1 / THE LOST STONE

Dieses Werk wurde vermittelt durch die Michael Meller
Literary Agency GmbH, Landwehrstraße 17, 80336 München.

www.adrian-verlag.de
Adrian & Wimmelbuchverlag GmbH
Friedrichstraße 126
10117 Berlin

Text: Jordan Quinn
Illustrationen: Robert McPhillips
Coverillustration: Robert McPhillips
Coverkoloration: Sarina Jödicke
Übersetzung: G. M. Pum
Lektorat: Lara Krüger, Annerose Sieck
Satz deutsche Ausgabe: Julia Groier-Bleiweis
ISBN: 978-3985851720

Printed 2023 in the EU

INHALT

KAPITEL 1

Eine geheime Mission

Prinz Lukas rannte die steinerne Wendeltreppe des Schlosses hinauf in sein Schlafzimmer. Er kniete sich auf den Boden und zog dann einen Stapel Kleider unter seinem Bett hervor. Darunter befanden sich ein Paar abgetragene Hosen, ein schäbiges Hemd, ein Filzhut, ungepflegte Lederstiefel und ein Wollmantel.

Lukas hatte die Kleider für eine Handvoll Münzen von einem Jungen aus dem Dorf bekommen. Nun stand der

Prinz vor einem Spiegel und probierte den Hut auf. *In dieser Kleidung werde ich wie ein normaler achtjähriger Junge aussehen,* dachte er. *Niemand wird je erfahren, dass ich der Prinz von Zauna bin.*

Und genau das war das Problem. Lukas war es langweilig geworden, ein Prinz zu sein. Die meisten Kinder würden denken: *Er muss verrückt sein!* Lukas hatte alles, was sich ein Junge oder ein Mädchen wünschen konnte: ein kuscheliges Gänsefederbett, Spielzeug, eines Prinzen würdig, die besten Köche des Landes, die ihm das Essen zubereiteten, und einen Blick auf das Meer von der Spitze seines Türmchens. Lukas besaß sogar sein eigenes Pferd, das Iwan hieß. Aber es gab eine Sache, die der Prinz nicht hatte ...

Freunde. Mehr als alles andere auf der Welt wünschte sich Lukas Freunde.

Einmal hatte er eine Freundin, ein hübsches, grünäugiges Mädchen namens Clara Gills. Claras Mutter, Anna, nähte Kleider für Lukas‘ Mutter, Königin Tanja. Anna brachte Clara immer mit, wenn sie im Schloss zu tun hatte. Clara und Lukas hatten im königlichen Spielzimmer Verstecken gespielt und waren auf den Schaukeln herumgewirbelt. Aber jetzt nicht mehr. Lukas‘ Vater, König Kaleb, hatte es verboten. Er hatte gemeint, dass ein richtiger Prinz nicht mit Dorfkindern spielt. Lukas hatte geweint, bis seine Nase verstopft war.

Tag für Tag beobachtete Lukas die Kinder des Dorfes auf ihrem Weg zur Schule und wieder zurück. Manchmal hielten sie an der Bäckerei an, um Brotstangen zu kaufen. Nachmittags sah Lukas den Kindern dabei zu, wie sie auf Bäume kletterten und auf den Wiesen

Fangen spielten.

Wiesen. Wie gerne würde er mit ihnen lachen und spielen!

Nun aber kann ich vielleicht Freunde haben, dachte er. *Denn ich, Prinz Lukas, habe einen großartigen Plan!*

Aber Lukas musste sich beeilen. Es war

Zeit aufzubrechen. Er stopfte die getragene Kleidung in einen Sack und warf ihn sich über die Schulter. Dann befestigte er ein dickes Seil an der Fensterbank, kroch auf den Sims, rutschte das Seil hinunter und lief zu den Ställen, wo er

Iwan sattelte. Dann überprüfte Lukas, ob jemand in der Nähe war. *Die Luft ist rein,* dachte er. Er sprang auf Iwan, gab ihm einen sanften Tritt und galoppierte in geheimer Mission davon.

KAPITEL 2

Lukas, der Tapfere

Lukas jagte über eine Brücke und hinunter ins Dorf. Die Hühner gackerten und flogen auseinander, um ihm aus dem Weg zu gehen. Die Dorfbewohner verbeugten sich und zogen ihre Hüte, als er vorbeiritt.

Kling! Klang! Die Schulglocke ertönte in der Gasse. Lukas nahm die Zügel fester und eilte dem Glockenschlag entgegen. Als er näher kam, setzte er über eine Steinmauer und kam zum Stehen.

Er sprang aus dem Sattel und wechselte schnell seine Kleidung.

Lukas versteckte seine lockigen roten Haare unter dem Filzhut. Dann schnappte er sich eine Handvoll Erde und rieb seine Wangen damit ein. Er band Iwan an einen niedrigen Ast und hängte den Sack mit seinen fürstlichen Kleidern an den Sattel.

„Okay, Iwan", sagte er, „es geht los".

Lukas kletterte über die Steinmauer und stand vor dem Schulhaus. Eine Rauchwolke kräuselte sich aus dem Schornstein. Lukas holte tief Luft. *Heute bin ich Lukas, der Tapfere!*, sagte er zu sich selbst. Dann marschierte er auf das Schulhaus zu und zog langsam die Türen auf. *Knarrrrr!*

Die Kinder saßen auf Bänken vor der Lehrerin. Alle drehten sich um und starrten Lukas an. Ein Mädchen mit einem dünnen Zopf, der ihr braunes Haar krönte, schnappte nach Luft und hielt sich die Hand vor den Mund.

„Guten Morgen, Junge", begrüßte ihn die Lehrerin. „Bist du hier, um mit uns

zu lernen?“

„Ja“, antwortete Lukas. „Ich bin neu in der Stadt.“

„Bitte nimm Platz“, sagte sie. „Ich bin Frau Carson. Wie ist dein Name?“

„Ich heiße Finn“, flunkerte der Prinz, als er sich auf eine Bank im hinteren Teil des Klassenzimmers setzte.

„Willkommen", sagte Frau Carson. „Klasse, bitte wünscht Finn einen guten Morgen."

„Guten Morgen, Finn", grüßte die Klasse.

„Jetzt schauen alle zu mir", bat die Lehrerin. „Wir werden jetzt an der Subtraktion arbeiten."

Die Kinder wandten sich der Lehrerin

zu, alle außer dem Mädchen mit dem geflochtenen Krönchen. Es war Clara, Lukas' alte Freundin aus dem Palast. Sie sah den Prinzen an und hob eine Augenbraue. Der Prinz zwinkerte ihr zu. Sie lächelte und schaute schnell weg.

Niemand schien es zu bemerken. Frau Carson schrieb einige Rechenaufgaben auf eine große Schiefertafel an der Stirnseite des Klassenzimmers. „Wer möchte jetzt eine Aufgabe an der Tafel lösen?“, fragte sie. Die Hand des Prinzen schnellte hoch. Er liebte es, zu addieren und zu subtrahieren. Sein Vater hatte ihm zu Hause Mathematik beigebracht. Frau Carson rief Lukas an die Tafel. Die Kinder sahen zu, wie der neue Junge nach vorne ging.

Ich werde viele Freunde haben!, dachte Lukas. Dann begann er, an einer der Aufgaben zu arbeiten. Im Raum war es still, bis auf das Kratzen der Kreide an der Tafel, bis …

Bumm! Bumm! Bumm! Jemand

hämmerte gegen die Türen der Schule. Die Kinder sprangen von ihren Plätzen auf. Lukas erstarrte. Sein Herz begann zu klopfen. Die Lehrerin eilte in den hinteren Teil des Raumes und öffnete die Türen. Zwei große Männer stürmten herein.

Lukas ließ seine Kreide auf den Boden fallen. *Oh nein!*, dachte er. *Die Palastwachen!* Er wollte weglaufen, aber die Türen waren versperrt.

„Da ist er!“, rief eine der Wachen und zeigte auf Lukas. „Das ist der Prinz von Zauna!“

Frau Carson und die Kinder schnappten nach Luft.

Die andere Wache rannte auf den Prinzen zu, packte ihn am Arm und führte ihn zu den Türen. Clara winkte, als Lukas vorbeiging. Lukas ließ den Kopf hängen.

Ich werde wohl niemals Freunde haben, dachte er.

KAPITEL 3

Freundlichkeit ist König

König Kaleb warf die bäuerliche Kleidung von Lukas in den Kamin. Sie ging in Flammen auf.

„Was hast du dir dabei gedacht?", rief König Kaleb. „Du bist ein königlicher Prinz. Du musst dich auch wie einer benehmen. Bauern sind den Königen nicht gleichgestellt."

„Aber, Vater, ich habe keine Freunde", erwiderte Lukas. „Ich langweile mich zu Tode."

„Du solltest mehr Zeit mit meinen Rittern verbringen“, schlug der König vor. „Du kannst mit ihnen trainieren.“

„Das ist nicht dasselbe“, erklärte Lukas. „Ich bin einsam, und ich brauche einen Freund in meinem Alter. Ich möchte jemanden zum Reden haben, aber vor allem wünsche ich mir jemanden, mit dem ich Abenteuer erleben kann.“

Der König seufzte. Er hasste es, seinen Sohn so unglücklich zu sehen, aber er konnte ihm nicht erlauben, sich mit den Bauern anzufreunden. Auch sie würden es seltsam finden. Er wandte sich hilfesuchend an Lukas‘ Mutter, Königin Tanja.

„Dein Vater hat recht“, meinte die

Königin, während sie ihr langes rotes Haar bürstete. „Aber du hast auch recht, Lukas. Du brauchst einen Freund."

Sie sah ihren Mann an.

„Anna Gills ist wie Familie für mich", begann Königin Tanja. „Und ihre Tochter

Clara war wie eine Schwester für Lukas. Vielleicht sollten wir ihnen erlauben, ab und zu miteinander zu spielen."

König Kaleb strich sich nachdenklich über seinen blonden Bart. Er war ein mächtiger König, aber er hatte ein gutes Herz.

„Also gut, Lukas“, sagte er, „ich nehme an, eine Freundschaft mit Clara wäre in Ordnung. Aber du darfst dich nicht mit jedem Bauernkind im Königreich von Zauna anfreunden.“

Prinz Lukas lief seinem Vater in die Arme.

„Danke, Vater“, jubelte er. „Ich verspreche es.“

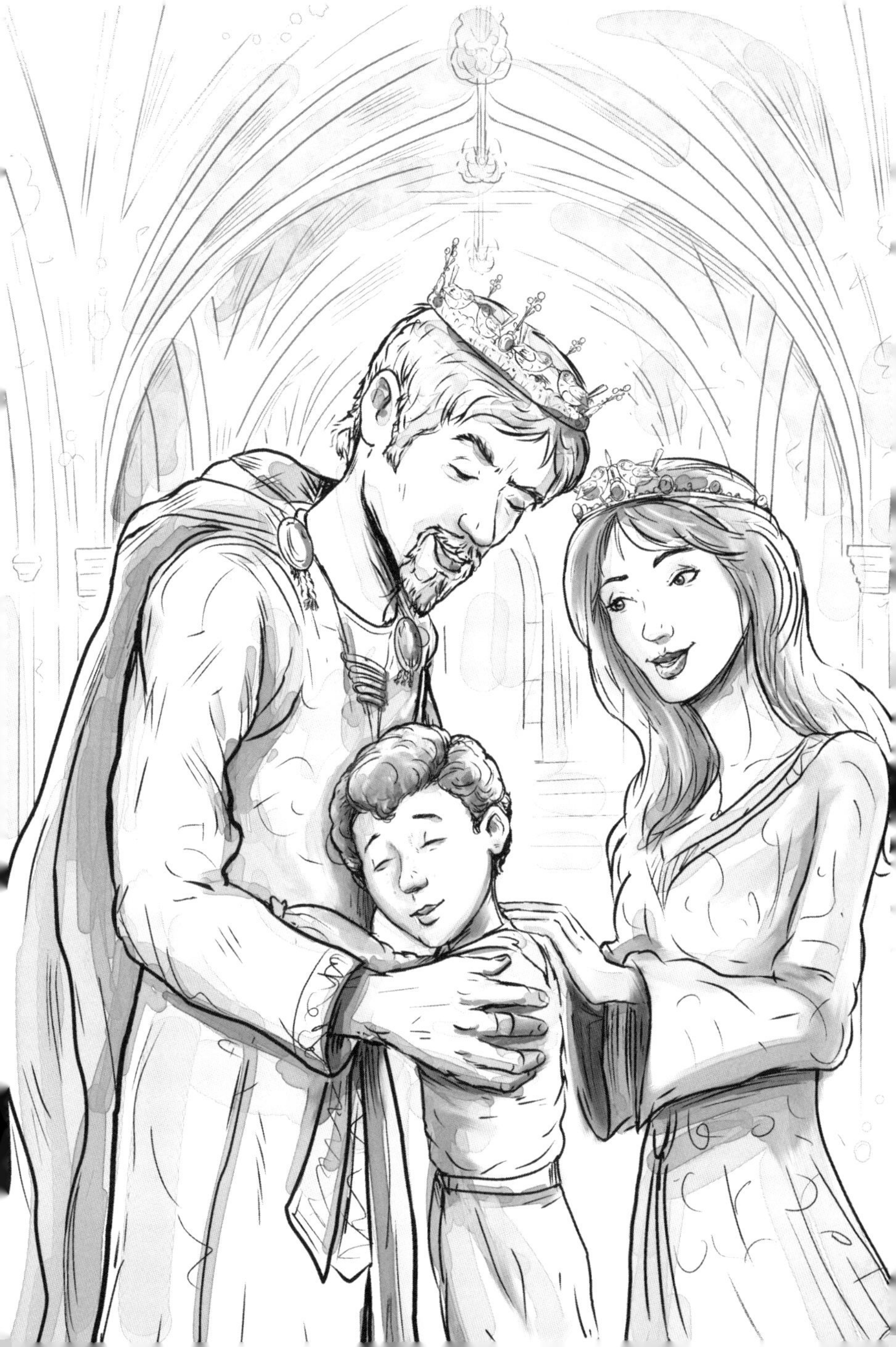

KAPITEL 4

„Hört! Hört!“

Lukas konnte es nicht erwarten, bis Clara und ihre Mutter in den Palast kamen. Also tat er es nicht. Er schlich sich hinaus und rannte den ganzen Weg zur Bäckerei.

Clara ging nach der Schule immer in die Bäckerei. Ihr Vater, Otto Gills, arbeitete dort.

Lukas spähte die Gasse hinunter. *Die Schulkinder kommen!*, dachte er. Er wollte nicht, dass sie ihn sahen, also drückte er sich an die Wand neben der Bäckerei.

Dann hörte er zu, was sie besprachen.

„Warum in aller Welt will der Prinz mit uns zur Schule gehen?“, fragte ein Junge namens Albin.

„Vielleicht ist er einsam“, vermutete Clara. „Er tut mir leid, weil er den ganzen Tag im Schloss eingesperrt ist.“

Die Kinder lachten über Clara.

„Wie kann man den Prinzen bemitleiden?", wunderte sich ein Mädchen namens Sophia. „Der Prinz hat alles!", sagte ein anderes Mädchen mit dem Namen Amalia.

„Nicht *alles*,“ stellte Clara fest. „Er hat nicht einen einzigen Freund. Er darf nicht einmal mit mir spielen, wenn ich mit meiner Mutter den Palast besuche.“

„Ich würde jederzeit mit ihm tauschen“, meinte Albin. „Ich würde gerne wie ein Prinz leben.“

„Ich weiß, es klingt wie das perfekte Leben", sagte Clara, „aber ein Palast, schöne Kleider und köstliches Essen sind nicht alles."

Glocken bimmelten, als die Kinder in die Bäckerei traten. Wenige Augenblicke später trug jedes Kind ein warmes Kürbiskernbrötchen zu der Bank draußen.

Lukas lief das Wasser im Mund zusammen. Wie gerne würde er sich zu ihnen gesellen! Während er wartete, hörte er Pferde wiehern. Dann begann jemand etwas vorzutragen.

„Hört! Hört!", rief er. „Die Königin von Zauna hat ihren wertvollen Smaragdstein verloren! Der König hat eine hohe Belohnung für denjenigen ausgesetzt, der ihn findet!“

Die Dorfbewohner eilten los, um die Nachricht zu verbreiten.

Oh nein!, dachte Lukas. *Ich muss zurück in den Palast!*

Lukas verließ sein Versteck und rannte den ganzen Weg zurück nach Hause, wobei er darauf achtete, im Schutz des Schattens zu bleiben.

KAPITEL 5

Ein königliches Abenteuer

Königin Tanja saß an ihrem Schminktisch und tupfte sich die Augen mit einem Seidentaschentuch ab. Lukas legte seine Hand auf die Schulter seiner Mutter. Er wusste, der Smaragd bedeutete ihr sehr viel. Er hatte ihrer Urgroßmutter gehört.

„Nicht weinen, Mutter", tröstete er. „Ich werde deinen Smaragd finden."

Seine Mutter lächelte schwach. Dann

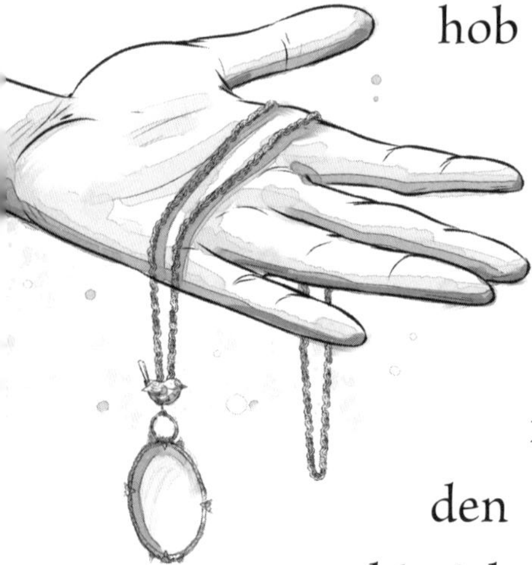

hob sie die Goldkette auf, an der ihr Stein nicht mehr baumelte.

„Er könnte überall sein", murmelte sie traurig. „In den letzten zwei Tagen bin ich überall im Königreich gewesen."

„Wohin bist du gereist?", fragte Lukas.

Die Königin dachte einen Moment lang nach. „Ich war in Primhall, Burk und Hobshagen", zählte sie auf.

Lukas seufzte.

„Du hast recht. Er könnte überall sein", sagte er. „Aber keine Angst, ich werde ihn

finden. Aber ich werde Hilfe brauchen."

„Welche Art von Hilfe?", fragte seine Mutter.

„Claras Hilfe", antwortete Lukas.

Die Königin lächelte und nickte. „In Ordnung", stimmt sie zu. „Du hast meine Erlaubnis."

„Danke, Mutter", sagte Lukas. „Ich *werde* deinen Smaragd finden."

Später am Nachmittag kamen Clara und ihre Mutter im Palast an. Lukas nahm Clara bei der Hand, und sie rannten ins königliche Spielzimmer. Dann erzählte er ihr von seiner Idee.

„Wir würden gemeinsam nach dem verschwundenen Juwel suchen?", fragte Clara.

„Genau", antwortete Lukas.

„Aber werden deine Eltern das erlauben?", fragte Clara mit einem Stirnrunzeln.

„Nach dem, was heute passiert ist, haben sie das bereits getan", grinste Lukas.

„Wie meinst du das?", wunderte sich Clara.

„Nachdem ich im Schulhaus erwischt wurde, haben meine Eltern zugestimmt, dass wir wieder Freunde sein dürfen."

„Du meinst, du hast keine Schwierigkeiten bekommen?", fragte Clara.

„Nein", lächelte Lukas. „Ich glaube, sie hatten Mitleid mit mir."

„Warum?"

„Weil ich keine Freunde habe", erklärte Lukas.

Clara saß auf der Schaukel und sah Lukas an.

„Ist es schwer, ein Prinz zu sein?“, fragte Clara.

„Nein, es ist D-O-O-F, ein Prinz zu sein“, sagte Lukas. „Und einsam. Ich kann nicht einmal mit normalen Kindern befreundet sein.“

„Dieses Prinzzeugs nervt gewaltig", stimmte Clara ihm zu.

Lukas lachte. „Nun, wenigstens können wir Freunde sein", freute er sich.

„Das sind tolle Neuigkeiten", sagte Clara. „Also, wann beginnen wir mit der Suche?"

„Jetzt gleich", antwortete Lukas. „Und unser erstes Abenteuer wird großartig sein."

„Ich liebe großartige Abenteuer!", schwärmte Clara.

„Dann lass uns einen Plan machen", schlug Lukas vor.

Lukas legte eine Karte des großen

Königreichs aus. Dann markierten sie alle Orte, an denen Königin Tanja in den letzten zwei Tagen gewesen war. Clara kannte das Königreich von Zauna gut. Sie hatte mit ihrem Vater Brot in alle Ländereien geliefert.

„Ich werde dich führen", bot Clara an. „Ich kann es kaum erwarten", freute sich Lukas.

„Wie wäre es, wenn wir uns nach dem Frühstück vor dem Kutschenhaus treffen?"

„Morgen ist keine Schule, also werde ich da sein", erklärte Clara.

„Darf ich dich um einen kleinen Gefallen bitten?", fragte Lukas.

„Sicher", sagte Clara.

„Bringst du mir ein Kürbiskernbrötchen aus der Bäckerei mit?"

Clara lachte. „Nur wenn du mir ein paar leckere Würstchen aus der königlichen Speisekammer bringst", antwortete sie.

„Abgemacht", versprach Lukas.

KAPITEL 6

Regenbogentau

Zaunkönige, die kleinen braunen Vögel, die dem Königreich seinen Namen gaben, zwitscherten in den Baumwipfeln, als Lukas und Clara eine königliche Kutsche bestiegen. Sie würden durch Frostkamp und über die Brücke zur Insel Primhall fahren. Lukas steckte seine Karte des Königreichs in seine hintere Hosentasche – nur für den Fall, dass sie sie brauchen würden.

Vier magische Inseln umgaben das Festland von Zauna. Primhall wurde von den Feen regiert. Hobshagen war als die Insel der Zauberer bekannt. Die Drachen des Königs durchstreiften die Insel Gipfelhorst, und Burk gehörte den Trollen.

Alle Inseln standen unter dem Schutz

des Königreichs Zauna, aber jede Insel war ein kleines Königreich für sich. König Kaleb musste sehr hart arbeiten, um die Länder zusammenzuhalten. Manchmal gab es Probleme, aber im Moment war alles in Ordnung.

Als die Kutsche in Primhall einfuhr, sahen Lukas und Clara, wie die

Feenkönigin Sophie vor ihrem Schloss schwebte. Königin Sophie hatte goldschimmernde Flügel und ein Diadem, besetzt mit Regenbogenjuwelen. Alle Feen trugen Kleider aus Farnen, Federn, Eicheln und Blumen. Clara wusste, dass sie verzauberte Fäden verwendet hatten, um ihre Kleider zu nähen, denn alle ihre Kleider funkelten.

Tausende von glatten Kieselsteinen formten das Schloss von Königin Sophie. Das Dach war mit Muscheln gedeckt, und die Fenster waren aus vom Kobaltmeer geschliffenem Seeglas gefertigt. Die Feen stürmten auf die Kutsche zu.

„Willkommen, Prinz Lukas", grüßte Königin Sophie.

„Danke", erwiderte Lukas. „Das ist meine Freundin, Clara. Wir sind auf der Suche nach dem verlorenen Smaragd meiner Mutter. Sie sagte, sie war erst gestern in Primhall."

„Ich bin traurig, von ihrem Verlust zu hören.

Folgt uns, und wir helfen euch, ihre Schritte zurückzuverfolgen."

Lukas und Clara folgten den Feen einen Weg entlang. Sie überquerten eine gewölbte Brücke und gelangten in den Garten der Erdbeeren. Alle Früchte des

Königreichs Zauna wurden in Primhall angebaut. Aber Primhall war auch für seinen süßen Orangenblütenhonig bekannt.

In der Mitte des Erdbeergartens

sah Clara kleine, runde Tische, die aus Baumstümpfen geschnitzt waren. Aus Zweigen geflochtene Stühle und rot-weiß gepunktete Hocker aus Pilzen umgaben jeden Tisch.

„Königin Tanja trank im Garten Minztee und aß Beeren", erinnerte sich Königin Sophie. „Sie saß dort drüben."

Clara und Lukas machten sich auf die Suche nach dem Smaragd. Sie schauten auf den Tischen, unter den Stühlen und im ganzen Garten. Aber das einzige, was sie fanden, war ein Marienkäfer.

„Marienkäfer sind ein Zeichen für Glück", erklärte

Königin Sophie mit einem Lächeln. „Wir könnten ein bisschen Glück gebrauchen", meinte Lukas. „Folgt mir", bat Königin Sophie.

„Deine Mutter ist auch durch das Labyrinth der Hecken gewandert."

„Was ist das Labyrinth der Hecken?", fragte Clara.

„Es ist ein Labyrinth, das aus vielen Reihen gestutzter Sträucher besteht", erklärte Königin Sophie.

Lukas und Clara betraten das Labyrinth. Sie folgten einem Pfad zwischen den Hecken. Sie konnten nicht über die Wipfel der Büsche sehen, aber das machte nichts, denn sie mussten sowieso

ihre Augen auf den Boden richten.

Auf der Suche nach dem Smaragd schlängelten sie sich im Zickzack durch die schmalen Feldwege. Manchmal führte der Weg in eine Sackgasse. Dann mussten sie umkehren und einen anderen Weg einschlagen. Sophie und ihre Hofdamen flogen über ihnen, um ihnen den Weg zu

weisen. Auf gewundenen Pfaden kamen sie zu einem Brunnen in der Mitte des Labyrinths. Von dem Smaragd fehlte jede Spur. Sie suchten den anderen Teil des Labyrinths ab, bis sie schließlich dessen Ausgang erreichten. Immer noch kein Smaragd.

Lukas und Clara setzten sich auf Pilzhocker, um sich auszuruhen. Vier Feen begrüßten sie mit einem Tablett mit Limonade. Eine kleine, nervös wirkende Fee namens Regenbogentau flatterte auf Lukas und Clara zu.

„Ich habe vielleicht einen Hinweis, wie wir den verlorenen Smaragd finden können“, wisperte die Fee mit hoher Stimme.

„Welchen?“, fragte Sophie.

„Gestern sah ich einen schönen grünen Stein im Zitronenhain. Ich wollte ihn aufheben, aber meine Hände waren klebrig vom Honigsammeln. Ich habe sie im Springbrunnen gewaschen, aber als

ich zurückkam, war der Stein weg."

„Hat meine Mutter den Hain besucht?", erkundigte sich Lukas.

„Ich fürchte nicht", überlegte Sophie. „Aber es ist möglich, dass ein Vogel den Stein mit Futter verwechselt und ihn dort abgelegt hat."

„Oh nein!", rief Clara. „Das bedeutet, ein anderer Vogel könnte den Stein irgendwohin getragen haben."

„Das ist wahr", antwortete Regenbogentau. „Aber ich bin mir nicht sicher, ob das wirklich passiert ist."

„Warum nicht?", fragte Lukas.

„Weil ich einen großen Troll in der Zitrusplantage gesehen habe", sagte Regenbogentau. „Und jeder weiß, dass

Trolle Schätzen nicht widerstehen können."

„Weißt du, wie er heißt?", fragte Clara.

„Sein Name ist Schinkenkeule", sagte die Fee.

„Wir müssen sofort nach Burk aufbrechen", erklärte Lukas.

„Lass uns gehen!", rief Clara.

Königin Sophie lieh Lukas und Clara ein Schiff, mit dem sie schnell nach Burk segeln konnten. Außerdem schenkte sie ihnen ein Päckchen mit Leckereien, das Clara in ihren Schulranzen steckte. Lukas und Clara bedankten sich bei den Feen und winkten zum Abschied.

KAPITEL 7

Schinkenkeule

Niemand begrüßte Lukas und Clara auf der Insel Burk. Die Trolle waren weder freundlich noch aufgeschlossen. Sie arbeiteten hart und bauten Gemüse für das ganze Königreich an. Die Kinder liefen zu den Ställen im Dorf. Lukas klopfte einem schlafenden Troll auf die Schulter.

Schnaubend rieb sich der Troll die Augen. „Was wollt ihr?“, brummte er mit einem geschlossenen Auge. „Wir möchten ein Pferd mieten", antwortete Lukas.

„Wofür?", fragte der Troll.

„Um einen Troll namens Schinkenkeule zu besuchen", erklärte Lukas. „Weißt du, wo er wohnt?"

„Bezahlt zuerst", forderte der Troll.

Lukas ließ eine Münze in die schmutzige Hand des Trolls fallen.

Der Troll lächelte und biss in die Münze. „Er wohnt in der Alten Zunderstraße. Seine Tür ist mit dem Bild einer Mondsichel gekennzeichnet", beschrieb der Troll. „Und sagt ihm nicht, dass ich euch geschickt habe."

Also bestiegen Lukas und Clara

das Pferd und galoppierten die holprige Talsohle entlang. Steile, zerklüftete Berge ragten über der Insel Burk auf. Die Luft roch nach Knoblauch. Sie kamen an Maisfeldern, Rübenreihen und Petersiliengärten vorbei. Bald begann die Straße anzusteigen. Immer wieder schlängelte sie sich um einen Berghang

herum. Unterwegs kamen Lukas und Clara an Höhlenwohnungen vorbei.

„Stopp, zurück!", rief Clara, als sie die Zügel ruckartig anzog. „Wir sind gerade an einer Mondsichel vorbeigeritten!"

Sie banden das Pferd an einen Pfahl und klopften an die mit der Mondsichel gekennzeichnete Höhlentür.

Ein dickbäuchiger Troll mit grünen Augen und wilden grauen Haaren öffnete die Tür. Er musterte Lukas und Clara von oben bis unten.

„Wir sind wegen des verlorenen Smaragds von Königin Tanja gekommen", begann Lukas. „Hast du ihn?"

Der Troll erkannte den Jungen als den Prinzen. Er wusste zu gut, mit dem Sohn des Königs spielt man keine Spielchen.

„Ich habe ihn beim Orangenpflücken im Zitronenhain gefunden", gestand Schinkenkeule.

Ein breites Grinsen breitete sich auf Lukas' und Claras Gesichtern aus.

„Aber ich habe ihn nicht mehr", maulte er unwirsch. „Ich habe ihn gegen einen Haarglättungs-Zaubertrank eingetauscht."

Lukas‘ Lächeln verschwand. „Und wer hat ihn jetzt?“

„Ein Zauberer“, brummte Schinkenkeule.

„Welcher?“, bohrte Lukas nach.

„Ein Zauberer namens Olaf“, knurrte der Troll. „Und jetzt verschwindet!“

Und mit einem dumpfen Schlag schloss er die Tür.

„Sieht so aus, als wäre das Abenteuer noch lange nicht vorbei!", rief Lukas. „Auf nach Hobshagen!"

Lukas und Clara rannten zurück zum Hafen, bestiegen ihr Schiff und segelten nach Hobshagen, der Insel der Zauberer.

KAPITEL 8

Olaf

Das Schiff segelte an der Insel Gipfelhorst vorbei. Drachen spielten auf den Hängen und schwebten über ihren Köpfen. Einige dösten in Höhlen und andere unter den Bäumen des Großen Kiefernwaldes. Ein Vulkan stieß in der Mitte der Insel Dampf aus.

Bald legte das Schiff in Hobshagen an. Eine dicke Nebelwolke hing über der Insel. Selbst wenn es anderswo sonnig

war, in Hobshagen war es immer grau.

Efeu kroch an den dunklen Mauern und Türmen des Schlosses empor. Hier lebten Andreas und Grom, die beiden Brüder, die über Hobshagen herrschten. Andreas war dafür bekannt, sehr nett und freundlich zu sein, aber Grom

war es nicht. Er blieb lieber für sich und verbrachte die meiste Zeit im düsteren Schlosskeller, wo er Zaubertränke mischte.

Viele der Zauberer auf der Insel Hobshagen arbeiteten an den Feuerstellen ihrer strohgedeckten Häuser. In ihren Kesseln brodelten magische Heiltränke, die für den König von Zauna hergestellt wurden.

Ein junger Zauberer brachte Lukas

und Clara in Olafs dunkles, verrauchtes Haus. Olaf stand über seinem Kessel, in dem es schäumte und brodelte. Lukas fragte den schwarzbärtigen Zauberer, ob er den verlorenen Smaragd habe. Der Zauberer schüttelte mürrisch den Kopf.

„Nein", knurrte er, „diese schreckliche Hexe aus Moorwang hat mich vor Jahren mit Ungeschicklichkeit verflucht."

„Was hat das mit dem fehlenden Smaragd zu tun?", fragte Clara. Der Zauberer sah sie mit traurigen braunen Augen an.

„Der Smaragd fiel mir aus der Hand, als ich von Burk nach Hause kam. Er stürzte über Hobsfels ins Meer."

„Oh nein!", jammerte Lukas. „Dieser Smaragd gehörte meiner Mutter, Königin Tanja."

„Sehr bedauerlich", murmelte der Zauberer. „Sagt ihr, es tut mir leid."

Lukas trat gegen einen Stein auf dem Weg, als er und Clara zurück zum Dock gingen. „Was sollen wir jetzt tun?", fragte er. „Nach ihm tauchen?"

„Ich habe eine bessere Idee", schlug Clara vor. „Lass uns zur Meerjungfrauenbucht gehen."

„Wozu?"

„Damit wir den Meerjungfrauen eine Nachricht im Sand hinterlassen können", antwortete Clara.

„Und wie soll *das* helfen?"

„Vielleicht können die Meerjungfrauen den Smaragd finden", erklärte sie. „Sie finden immer die schönsten Muscheln und legen sie für mich auf den Strand."

„Und woher weißt du, dass es die Meerjungfrauen sind und nicht die Gezeiten?", wollte Lukas wissen.

„Weil die Muscheln poliert und perfekt sind. Keine von ihnen wurde von den Felsen und Wellen zerbrochen."

Seufzend blickte Lukas in Richtung Festland.

„Es ist einen Versuch wert", ermutigte ihn Clara.

„Das denke ich auch", gab ihr Lukas recht.

Also bestiegen sie ihr Schiff und fuhren zur Meerjungfrauenbucht.

KAPITEL 9

Meerjungfrauen-Zauber

In der Meerjungfrauenbucht glitzerte der rosa Korallensand in der Nachmittagssonne. Lukas und Clara zogen ihre Schuhe aus und liefen den Strand entlang, um den perfekten Platz zu finden.

„Hier ist ein guter Platz", meinte Clara, während sie sich hinkniete.

Lukas sah zu, wie Clara mit einem dünnen Stock eine Nachricht in den Sand schrieb.

Liebe Meerjungfrauen,

Der Smaragd von Königin Tanja ist im Meer vor Hobsfels verloren gegangen. Könnt ihr uns helfen, ihn zu finden? Vielen Dank für all die schönen Muscheln.

In Liebe,

eure Freundin Clara

Lukas lachte. „Du bist verrückt", sagte er.

Clara lachte. „Und ich bin hungrig. Lass uns picknicken."

Clara packte die Leckereien aus, die sie von den Feen bekommen hatten. Dann setzten sie sich an das andere Ende der Bucht. Sie redeten und lachten und knabberten an Brot, Käse und Weintrauben.

Lukas lächelte Clara an. „Ich habe

zwar nicht den Smaragd meiner Mutter gefunden", begann er, „aber ich habe etwas anderes gefunden."

„Was?", fragte Clara.

„Eine echte Freundin", sagte Lukas.

„Und ich einen echten Freund", stellte Clara fest. „Ich bin froh, dass wir Zeit miteinander verbringen können."

Lukas nickte. „Wir gehen jetzt besser. Die Sonne geht gleich unter."

Lukas und Clara tauchten ihre Zehen ins Wasser, als sie den Strand entlanggingen.

„Sieh dir deine Nachricht an", rief Lukas. „Sie ist schon von der Flut weggespült worden."

„Soll ich sie noch einmal schreiben?", fragte Clara.

„Nein, lass uns einfach nach Hause gehen", antwortete Lukas. „Wir können morgen wiederkommen."

Sie setzten sich auf einen Felsen, um ihre Schuhe anzuziehen, aber einige Muscheln erregten Claras Aufmerksamkeit. „Wow, die sind wunderschön", jauchzte sie.

Lukas betrachtete einen kleinen

Muschelberg, der perfekt auf dem Sand errichtet war.

„Waren die Muscheln schon da, als wir ankamen?", wunderte er sich.

„Nein", flüsterte Clara. Ihre Augen wurden groß. „Die Meerjungfrauen!"

„Schon wieder Meerjungfrauen?", fragte Lukas.

„Ich meine es ernst", wisperte Clara, während sie vorsichtig eine Muschel in ihre Umhängetasche legte.

Clara liebte es, Muscheln zu sammeln.

„Aber wir waren doch die ganze Zeit am Strand", wunderte sich Lukas. „Und wir haben nicht eine einzige

Meerjungfrau gesehen."

„Nun", erklärte Clara, „Meerjungfrauen sind sehr schlau."

Sie hob eine halb geöffnete Jakobsmuschel auf und spähte hinein.

„Sie sind so schlau, dass ich noch nie eine gesehen habe", stellte Lukas fest.

Clara reichte Lukas die Muschel.

„Sie ist schön", sagte er bewundernd.

„Mach sie auf", drängte Clara.

Lukas öffnete die Muschel. Er erwartete darin ein Sandklümpchen. Aber er sah etwas anderes.

„Der Smaragd meiner Mutter!", rief er. „Wie kann das sein?"

„Meerjungfrauen", lächelte Clara.

Lukas blickte auf das Meer hinaus. Dann sah er den Smaragd an.

Er konnte es nicht glauben.

„Okay!", rief er dem Meer zu. „Ich glaube es!"

Lukas lief zurück zum Ufer und bückte sich, um in den Sand zu schreiben.

Liebe Meerjungfrauen,

Danke, dass ihr den Smaragd meiner Mutter gefunden habt. Clara und ich hoffen, euch eines Tages zu treffen.

eure Freunde,

Prinz Lukas und Clara Gills

Lukas steckte den Smaragd in seine Tasche. Die leere Muschelschale packte Clara in ihre Umhängetasche.

„Für meine Sammlung", sagte sie lächelnd.

„Ohne dich hätte ich ihn nie gefunden", stellte er dankbar fest.

„Wozu sind Freunde denn da?“ fragte Clara.

Lukas lächelte. „Wettrennen zum Palast!“

Dann zogen sie schnell ihre Schuhe an und rannten los.

KAPITEL 10

Muschel

Lukas und Clara stürmten in die große Halle des Palastes. König Kaleb und Königin Tanja sahen von ihrem Schachspiel auf.

„Was soll die ganze Aufregung?", fragte der König erschrocken.

Lukas griff in seine Tasche und schloss seine Finger um den Smaragd.

„Wir haben ein ganz besonderes Geschenk für Mutter", rief er aufgeregt.

Lukas zog seine Faust aus der Tasche. Dann öffnete er seine Hand und enthüllte den Smaragd.

Königin Tanja legte ihre Hand an ihr Herz.

„Oh, du lieber, mutiger, wunderbarer Junge", rief sie aus.

„Ich war es nicht, Mutter", wehrte Lukas ab. „Clara hat ihn gefunden."

„Das haben wir *beide*," meldete sich Clara zu Wort.

„Es war wie eine königliche Gänsejagd", fügte Lukas hinzu. „Aber Clara war diejenige, die ihn tatsächlich gefunden hat. Sie ist sehr klug, Mutter."

„Danke, Clara", sagte die Königin.

Clara machte einen Knicks.

König Kaleb war sehr dankbar. „Du sollst eine stattliche Belohnung erhalten", versprach er. „Folgt mir."

Lukas, Clara und Königin Tanja folgten König Kaleb durch eine schwere Eichentür, dann über eine steinerne Wendeltreppe nach unten. Sie gingen den ganzen Weg bis zu den königlichen Ställen. Vor einem Stall blieb König Kaleb stehen. Ein schönes braunes Pferd mit schwarzer Mähne, schwarzem Schweif, weißen Socken und schwarzen Hufen wieherte ihnen entgegen.

„Clara, das ist deine Belohnung", stellte der König vor.

Clara schnappte nach Luft.

„Du darfst auf ihr reiten, wann immer du den Palast besuchst."

„Sie ist wunderschön!", rief Clara und streichelte die Mähne des Pferdes. „Danke, König Kaleb."

„Wie möchtest du sie nennen?", wollte der König wissen.

Clara sah dem Pferd in die Augen.

„Ich würde sie gerne Muschel nennen", sagte sie. „Weil wir den Smaragd in der Schale einer Jakobsmuschel gefunden haben."

„Eine sehr gute Wahl", lobte der König. Dann legte er seine Arme um Lukas und Clara. „Ich muss mich bei euch beiden entschuldigen. Es tut mir leid, dass ich euch nicht früher zusammen spielen ließ."

„Das ist okay", meinte Clara.

„Wir wissen, wie schwer es ist, ein König zu sein", fügte Lukas hinzu.

Der König und die Königin lachten. Dann gingen sie zurück in den Palast.

Clara hakte sich bei Lukas ein. „Hey, mein Freund – willst du mit mir reiten gehen?"

Lukas grinste. „Aber sicher."

Hört, hört!
Ich präsentiere euch
das nächste Buch von
DAS MAGISCHE KÖNIGREICH!
Hier ist ein kleiner Vorgeschmack!

Lukas entdeckte Clara vor einem Stall. Er beobachtete, wie sie ihr Pferd Muschel sanft striegelte. Das Pferd war eine Belohnung von König Kaleb für den Fund des verlorenen Smaragds von Königin Tanja.

„Clara!“, rief Lukas. „Du wirst nie erraten, was es ist!“

Claras grüne Augen leuchteten auf, als sie ihren Freund sah. „Was?“, fragte sie.

„Andreas und Grom haben auf Gipfelhorst ein rotes Drachenei gefunden“, erzählte Lukas.

„Ein rotes Drachenei!“, rief Clara aus. „Weißt du, was das bedeutet?“

„Es bedeutet, in seinem Inneren

befindet sich ein scharlachroter Drache!“

„Genau“, gab ihm Clara recht. Dann wurde ihr Gesicht ernst. „Und du weißt ja, was man über rote Drachen sagt.“

„Sicher“, antwortete Lukas. „Die Legenden besagen, dass sie die wundervollsten Drachen der Welt sind!“

„Und die am meisten gefürchteten“, fügte Clara hinzu.

„Keine Sorge“, grinste Lukas. „Das bekommt man mit gutem Training hin.“

Clara rollte mit den Augen und seufzte. „Lukas, hast du jemals einen feuerspeienden Drachen trainiert?“, fragte sie.

„Eigentlich habe ich noch nicht einmal einen Hund trainiert“, gab Lukas zu.

„Aber die Ritter und Zauberer wissen alles über Drachentraining."

„Das nehme ich an", meinte Clara. „Aber es hat noch nie einen feuerspeienden Drachen im Königreich gegeben. Was, wenn er Zauna in Brand setzt?"

„Dann werden wir das Feuer löschen", beruhigte Lukas sie. „Glaub mir. Ein roter Drache wird fantastisch sein."

Jordan Quinn
wuchs in einem Märchenschloss in England auf. Es gab eine Wendeltreppe aus Stein, einen Wassergraben und einen Kerker. Als Kind liebte sie es, Verstecken zu spielen und auf ihrem geliebten Pferd Prinz Charming zu reiten. Wenn sie nicht ritt, schrieb sie Geschichten über Feen, Trolle, Drachen und Zauberer. Heute lebt Jordan mit ihrem Mann, ihrem Sohn und einem Golden Retriever namens Sir Toots-a-Lot auf einer Ranch in Kalifornien.

Robert McPhillips
war im Laufe der Jahre an den unterschiedlichsten Projekten beteiligt – von der Illustration von Grußkarten bis hin zu Trickfilmen. Aber Kinderbücher hat er schon immer geliebt und nach vielen Jahren hat er sich wieder darauf konzentriert. Robert wohnt in Wiltshire, England, mit seiner Frau, Sam, und ihrer geliebten Katze Silkie, die das Sagen hat.